句歌集

ペチカ

西林節子

Nishibayashi Setsuko

ふらんす堂

目次／ペチカ

句歌集

ペチカ

俳句

一九九九年以前

故郷は異国枯一色の誕生日

鉄路に雨激し旅荷に青林檎

京大文学部閲覧室

鉄扉一枚書庫暖房の暖を断つ

比叡嵌めて書庫の小窓の凍ててをり

朝桜ホテル浴室純白なる

地の明るさ桜の園の午前九時

京都に住む

洗濯機廻るや落花巻き添へに

遠山の麓明るむ朝桜

明け易き今朝薔薇色の吾子賜る

汗の拳を固く第一反抗期

癒えし子よ夕焼けに耳朶赤く透け

鳥取に住む

雪を被て城山街にのしかかる

海鳴りに搏たれ暖炉の火が揺らぐ

啄木日記読み継ぐ毛布引つかぶり

バックネットのてつぺん渡る虎落笛

春

春灯が街の骨格描き出す

げんげ田を鋤く鋼鐵の刃をもつて

木蓮の瘤よりぬうと花芽かな

暗渠出て春の水音高鳴らす

芽吹くもの活けて膨らむ壺の胴

太き指もて慈しむ盆の梅

散々に伐られし薔薇に蕾つく

大顔の古雛います冷泉家

御所人形つるんと餘寒の冷泉家

積まれゐる古書いつよりの春埃

古書店の隅にひそんでゐる餘寒

芽柳を透かして昼の祇園町

実家をたたむ　三句

若草の四人姉妹でありしかな

春寒し亡母の着物のたたみ皺

掌に吸ひつく絹の感触餘寒なほ

土雛の古拙の目鼻点と線

引揚げの荷に入れざりし雛《ひいな》はも

蔵書積んで雛段組みし父を恋ふ

張り子雛老いの身辺軽やかに

日田　臼杵　七句

天領の町豪商の雛飾る

享保雛繧《うん》繝《げん》縁《べり》の古色佳し

幾年盃を捧げて官女雛老いし

冠のずれて微醺の随身雛

仕丁雛裸足で坐る最下段

爪ほどの平椀《おひら》汁椀雛の膳

芽柳を国宝塔の手向けとす

雛流す日本海まで十里ほど

鳥取　用瀬　四句

手を離れすぐ急湍に流し雛
厄負うて雛はらはらと流さるる
潜く岩越さむと流し雛傾ぐ

まんさくをざつと束ねて山苞に

空襲・震災記念日続くつちぐもり

沖縄　三句

かげろふの戦跡おのづと頭垂る

緋桜や古城趾にして司令部趾

春泥に瘤ガジュマルの大根這ふ

父母と一期一会の花仰ぐ

着重ねし母の背中に桜降る

落花噴き上げてバイクの疾風《はやて》過ぐ

醍醐寺　三句

国宝塔の気韻桜に離れ立つ

一日の奢り桜を飽きるほど

前のめり落花の中を黄衣の僧

根来寺

御衣黄のひともと交じる花の寺

弘前城　二句

戦争の世紀を越えし花の黙

「満開です。」句点のやうに一花落つ

奈良　仏隆寺

千年桜にこの愚痴聞いてもらはうか

嵯峨野　植藤造園

春泥を身軽く米寿の桜守

若狭井を指すや鵜の瀬の花筏

田の中の稲荷社落花いづこより

藤原宮址　三句

うづくまる万葉の歌碑花の土手

宮址囲む大和三山笑みまげて

強東風や宮人の裾反しけむ

ふくよかに姉の忌日の藤咲けり

青き踏む〈卒運転〉の夫と二人

梨受粉一花一花を大切に

奥熊野闇のどこかで蛙鳴く
いかなごの水垂らしつつ量らるる
アルミ鍋の凹み焦げあといかなご煮る

春雨の止むまで昔話して

晴菜結婚

婚の日の花の笑まひのまぶしさよ

夏

髪洗ふのみに疲るる母九十

智頭町　石谷家　二句

山法師の大枝活けて大庄屋

土間涼し梁盤石の大庄屋

すでに鋭きのぎ持ちてをり青稲穂

ニューヨーク　三句

落書きの壁蜿蜒と薄暑かな

大緑陰栗鼠と老女とぶらんこと

立ち昇るざわめき喜雨のマンハッタン

卯の花に雨来る高野山上駅

登山電車曲がれば触るる花うつぎ

韓国　慶州　五句

青棚田伽耶王陵の麓まで

青芝の王陵乳房のかたちして

五月雨の帷の奥の新羅古寺

古寺回廊遁げ足速きとかげゐて

どこか大和に似て慶州の植田風

鞍馬寺

夏鶯修験の山に声張つて

白兎海岸

白南風の神話の浜に人を見ず

安曇野　三句

緑陰に曲線の椅子彫刻館

内陣めくしじま青蔦の彫刻館

丹精の山葵等級付けて売る

柿右衛門窯

牡丹生《あ》る白磁絵付けの筆の先

沖縄　二句

爆音のこもる梅雨雲基地の島

青芝のフェンスの向かうアメリカ領

背表紙に金文字沈む梅雨の書庫

金沢文庫

陰日向なくどくだみの花真白

六月来父の忌日も父の日も

せめて声聞きたし父の日の受話器

慎みて食ぶ被災地のさくらんぼ

不器用の紙縒りぶくぶく梅雨湿り

歳月を溶かし梅酒の琥珀色

鳥取　樗谿神社　二句

蛍乱舞嘉納し給へ古社の杜

古社の杜蛍恋路をはばからず

蔵王高原　二句

わたすげや沼は鋼の色に澄む

夏霧や茂吉の歌碑の無骨なる

一粒一粒梅干す母よ背を丸め

暗がりに母の漬け梅遺りゐる

梅漬けの甕抱く母を抱くやうに

梅干さぬ笊壁際に乾きをり

法華寺　二句

裸子のごとく童形太子像

童形太子へとどけと蟬時雨

多佳子先生五十回忌記念句会

炎天へ蒸発したか日吉館

メキシコ　ケレタロ市　二句

大聖堂顕つ一瞬の稲妻に

サボテンの酒のグラスの露涼し

福建省　厦門　四句

経済特区望む代田を牛が掻く

田掻き牛巨軀をぷるんと雨払ふ

南国の濃き緑陰に旧租界

路地涼しマルコ・ポーロの住みし街

西安　青龍寺

空海はここに学べり草いきれ

夏の駅記憶の底にタールの香

少年の足首きりり夏袴

遠雷やたとへば老いといふ不安

老人ホーム日覆ひの内灯ともせり

疫《え》籠りや青蔦の壁楯として

炎天を来て若冲の〈鷹〉に会ふ

若冲展出れば愛宕に雲の峰

ちづぶるー工房　四句

消し忘れしままのラヂオや明け易し

藍工房背向《そがひ》に胸に青嶺立つ

藍の花コップに挿して藍工房

町おこしの藍工房に青田風

森野旧薬園　三句

薬園の一劃毒草の濃き茂り

薬草の茂みに消ゆる老園丁

夏日向葛根ごろごろ干されゐて

じわじわと乳房に溜まる暑さかな

三伏の暑に首根つこ押さへられ

母の胸固く摑みて花火見る

健康食といふ贅沢やすべり莧《ひゆ》

空缶がころんと一つ夏果つる

噴水と鬼ごつこして子ら飽かず

ただ濡るるが楽し噴水圏の子ら

噴水や狙ふものあるごとかがむ

悠子初めての日本へカナダより

孫といふ不思議を抱く汗ばみて

千晶は本の好きな子

教科書を諳んずる子よ灯の涼し

由貴は水泳が得意

飛沫《しぶき》をまとひ負けん気のバタフライ

秋

早暁の空耳かとも初蜩

水口の苔あをあをと秋暑し

白鹿記念酒造博物館

秋乾く大樽の箍ゆるみなく

ハンガリー旅行　二句

円柱の弾痕秋の陽が曝す

眼の涯まで向日葵畑枯向日葵

生き延びし負ひ目胃の腑に八月来

透明な秋気の底に自習室

Tシャツの若き父母なり秋晴るる

星月夜老母の小声のわらべ歌

峡の稲架高し乏しき陽をもらふ

藁塚の一隊歩き出す月夜

興福寺　三句

どんぐりを蹴飛ばし目指す阿修羅展

黄落や揃うて小柄八部衆

彩色の削げてさはやか阿修羅像

誓子旧居　神戸大構内に移築　三句

誓子旧居すすきも共に移さるる

秋白し誓子旧居に調度なく

秋澄むや高炉眼下に誓子故居

蓑虫のひねもすたらりとうたらり

伯耆富士あつけらかんと秋晴るる

菊日和微笑哄笑羅漢像

水引草ひよろりと伸びてただよへる

鳥取　智頭町　六句

月しろや森は太古の静寂に

月しろに森の輪郭浮かびたり

静寂が骨まで沁みる月の村

薄が招く元郵便局のカフェ
網棚にすすき跳ねゐる山のバス
朝霧の峡一跨ぎ高架橋

比叡山　二句

霧の比叡誦経の声が地より湧く

宗祖廟落葉残さず掃き清む

京都　善導寺

唐門のフレームの奥紅葉濃し

油彩の色革の手触り柿紅葉

明珍昭二兄逝く

秋天へ送る柩を花で埋む

紅葉の影もほのかに色づける

閑谷学校　二句

楷紅葉聖廟の磴明るうす

孔子廟の簡素な造り秋気澄む

旧宝塚ホテル

身にしむや解体進む古ホテル

冬

探梅行枝の間に海見つけたり

探梅や夕餉のことも片隅に

冬運河かつて住友句会あり

大王崎

冬晴へ灯台の胴抜けて出る

戸倉峠　二句

その向かう夕焼けてゐる樹氷の山

融雪装置等間隔に水を噴く

ハイウェイ行く手に雪の雲垂るる

かくも赤き入り日ありけり大枯野

前照灯雪にかざして列車来る

凍て雪に足踏み通学列車待つ
耀りを待つ原木薄く雪を被て
原木の赤膚時雨来て濡らす

旅順の家　四句

ペーチカの記憶に若き父母姉妹

石炭一つ爆ぜてペチカの夜が更ける

ペチカ燃えさかりまどゐの大テーブル

ペチカの部屋頬火照らせて子等眠し

除雪車の雪に汚れしまま置かれ

疲れ目に蒸しタオル当て冬籠る

鳥もかくぬくしや羽毛コートの背

生きものでありし毛皮よ雨はじく

冬ネオン街は浪費の美しさ

高野山　四句

音断ちて高野浄域雪降り積む

閑且つ寂古刹の紅葉散り果てて

大伽藍も郵便局も雪の中

洗練の対極として冬木の瘤

霜溶けて市井の音の聞こえ初む

狐の尾紛れてをらむ薄原

シテの舞白足袋の先くいと反る

人の訃を聞く片耳に雪の音

寒雷や唐突にただ一度きり

十二月八日のラヂオ見上げてゐた記憶
顎のまるみのままにマスクの捨てられて
上《かみ》京《ぎやう》に古き教会枯木立

西本願寺
大御堂まるごと凍つる本願寺

大谷本廟
大蘇鉄アヴァンギャルドの冬囲ひ

鋭角に鈍角に折れ枯蓮

猛りて熄《や》まぬ噴水冬の薔薇園に

枯園の園丁すつぴん束ね髪

大寒や忌日の母に苺買ふ

鬼やらひウイルスも角あまた持つ

和也誕生　東京へ

鰤一尾提げて乗り込む夜行バス

彩音婚約

婚約を告ぐる饒舌春近し

愛誕生の日に

麗しき日なるべし樹々に霜凝りて

新年

手に馴染む鍋の重さよごまめ炒る

クレーンの四肢ゆるぎなし去年今年

クレーンの凜と指したる初御空

年立つや磨き上げたる月の弓

宝塚　平林寺

初詣急峻の磴登りきる

焚火守る氏子も老いぬ初詣

たわたわと求肥の白さ菱葩

九十歳の屠蘇器いたはりつつ仕舞ふ

初風呂やかをるともなき湯の香り

カナダの夏と秋・そして冬

ミッション市　二句

万緑の開拓地跡石一つ

昼顔もたんぽぽも白修道院

ロッキー　七句

残雪をさつと一刷毛大岩壁

涸れ氷河砂礫ざらざら灼けてゐる

山霧湧き氷河の奥を閉ざしけり

夏雲の影点々と放牧場

大地に皺ありて花野の起伏なす

廃金鉱黄葉積みて埋まばや

ロッキーの懐に住み冬支度

アルゴンキン州立公園　四句

沼の秋針葉樹林立ち枯れて

秋冷の湖倒木の端浸す

足裏に撓む感触落葉踏む

一望の花野泡立つ地の吐息

オカナガン　川上農場　三句

雲の峰半生賭けし果樹農場

容れものがなくて両手にチェリー貰ふ

吹き上る湖風落とす青胡桃

サレー　大草農場　二句

大農場隅に故国の夏野菜

養蜂箱《ビーハイブ》並ぶ晩夏の木の陰に

リッチモンドの日々　五句

短夜を徹し貨物機発着す

離陸機の航跡こめて夕焼くる

下闇の舗石〈ケン・パ〉してみたし

遠花火音が遅れて河越え来

日系の人ら集ひて心太

フレーザー河ダイク風景　五句

苜蓿や蜂の重さに傾ぎけり

北国の遅き日暮れを通し鴨

青葦原鴨の一群紛れ込む

源流は氷河といへる河涼し

汗ふり撒き苦行のごとくジョガーたち

スティーブストン漁港　五句

二の腕のタトゥー鮮やか鮭漁師

逞しき尾鰭の力鮭跳ねる

船べりに尺余の鮭を並べ売る

慰霊碑に邦人の名も鮭漁港

幼顔残す漁夫像鮭漁港

ウィスラー　二句

草紅葉ゴンドラ眼下五十尺

秋うらら氷河の動き眼には見えず

初秋のリッチモンド　九句

時差癒す揺り椅子月に向けて置く

眠れぬもよしこんなにもいい月夜

揺り椅子のうたた寝月に覗かる

ざんばらの市民農園秋暑し

用済みの案山子は柵に凭れをり

棒立ちの頭でつかち枯れ向日葵

農園の水場そろりと秋の蜂

車椅子の小声の会話黄葉降る

米加国境一直線の草紅葉

アラスカ　三句

夏だけの寄港地ペンキ塗り立てて

玩具箱めきて賑はふ避暑の町

氷河崩落して氷片を海に撒く

湖凍りつきオーロラを映さざる

イエローナイフ　四句

餌を貰ふ序列きびしき橇の犬

繋がれてすぐ気負ひ立つ橇の犬

雪掘るもあり出番待つ橇の犬

跋

「あとがき」によれば、西林さんは俳句と関わり続けて七十年とある。私の倍近くの俳歴をお持ちなのだ。彼女はあまりご自分の経歴、俳歴を積極的にはお話しにならないが、聞き及ぶところによると若い時分は大学で国語学の研究をなさっておられた由。それを聞いて「ぽち袋」に俳句の文法について数年にわたり執筆して頂いたご縁もあった。やさしく丁寧な筆致で勉強をさせて頂いたのである。この度の『ペチカ』の上木も多くの方々に俳句そのものを学ぶ機会となればと願っている。

鉄 扉 一 枚 書 庫 暖 房 の 暖 を 断 つ

前書きに「京大文学部閲覧室」とあり、彼女の若き研究者時代の句であろうか。

鉄扉一枚の向こうは貴重な古書を収める蔵書室で、暖房により劣化することを防ぐため、敢えて、鉄扉を閉ざし、部屋が暖かくならぬようにしていて、閲覧者には寒さに耐えての読書、研究が求められているのである。〈学問のさびしさに堪へ炭をつぐ　誓子〉は作者の内面よりの、学問研究の苦しさ、厳しさを詠ったが、西林さんの句は鉄扉一枚という外面の具象から学ぶことの辛さを詠っているのだ。

『ペチカ』からアトランダムに抽出してみた。

若狭井を指すや鵜の瀬の花筏
丹精の山葵等級付けて売る
藁塚の一隊歩き出す月夜
孔子廟の簡素な造り秋気澄む
洗練の対極として冬木の瘤

一句目の「鵜の瀬の花筏」はお水送り神事と同じように花筏が東大寺二月堂の若

狭井を目指しているのだと言い切っている。二句目、山葵を丹精込めて作ったが、やはり優劣が出来る。生産者がランクを付けて売らざるを得ないところを俳句的視点で消化。三句目はたくさんの藁塚が夜は棒立ちの一団となって歩きださんとしていると断定。孔子廟の句は廟の造りから孔子の偉業、内面に肉薄している。そして、最後の〈洗練の対極として冬木の瘤〉は高野山塔頭での句かと思われるが、厳しく、連綿と続く、磨き鍛え抜かれた真言密教を「洗練」と抽象化して言い切り、巨木の瘤と向き合わせたのである。作者は「冬木の瘤」を醜い、汚い等とは言っていない。洗練された真言密教の対極に、自然の作り出した造形美として「冬木の瘤」を持ってきているのだと思う。これら右記の抽出句に共通しているのは知的感性が句を作らしめているところだ。単なる写生から踏み込んだもので、これは『ペチカ』全句に感じられ、重量感を持つ一書となっている。

雛人形の俳句は俳人が好んで作る対象でもありそれこそごまんとあるが、西林さんの人形関連の句はひと味違っている。

御所人形つるんと餘寒の冷泉家

御所人形は雛人形ではないが、そのお顔がつるんとしているのは日本人形の特徴でもある。だが、その持ち主が冷泉家となると、公家の家系でもあり、この「つるん」が公家の面立ちと重なってくるのだ。

土雛の古拙の目鼻点と線

顔に描かれたものは点と線だけで、ある意味、幼く、技法としては劣るが、西林さんはこれを「古拙」と深く認識したのである。

享保雛繧《うん》繝《げん》縁《べり》の古色佳し

この句も知性的だ。天皇などの高貴な方々が踏み座る畳の縁や、神社の内陣などにも用いられる繧繝縁。これと享保雛との取り合わせは享保雛の存在感を際立たせている。

人形を通俗的に捉えず、作者の智の力で作り上げているところ、一見地味なようだが、これこそ畑林俳句の真骨頂なのだと感じさせられているのだ。

又、ご家族を思う以下の抽出句には、お気持ちがひしと感じられ胸を打たれた。

汗の拳を固く第一反抗期

婚の日の花の笑まひのまぶしさよ

孫といふ不思議を抱く汗ばみて

蔵書積んで雛段組みし父を恋ふ

『ペチカ』を読み込んでいて、印象を強くするのは特に海外吟の秀逸さではないかと感じている。

落書きの壁蜿蜒と薄暑かな

「ニューヨーク」と前書きがある。現今のニューヨークは市の取り組みが功を奏し落書きは減ったが、それ以前の一部の街は犯罪と比例して、落書きは凄かった。壁一面の落書きが長い壁の尽きるまで描かれているのである。街の退廃、若者達の倦怠からの暴走に、生暖かき季節の中で呆然自失の作者だったのである。

大聖堂顕つ一瞬の稲妻に

メキシコのケレタロには世界文化遺産の登録がなされている地区や建造物があり、大聖堂もその中のひとつ。先住民族とスペイン人移住者が平等に暮らす象徴として大聖堂が建てられたようだ。夜分に突如稲妻がはしり、その一瞬、大聖堂の全姿が見えたのである。作者はその一瞬に大聖堂の大いなる歴史を実感したのだった。

経済特区望む代田を牛が掻く

「福建省　厦門」とあり、中国の経済成長を間近に見たのだ。遠くに林立の高層ビル群、近くで昔ながらの牛による代田掻き。句は単なる対比を詠んだのではなく、凄まじい成長を遂げている中国への作者の冷徹な目がこれを詠ませているのだと思う。奥の深い句と言える。

他に

どこか大和に似て慶州の植田風

ロッキー

残雪をさつと一刷毛大岩壁

フレーザー河ダイク風景

源流は氷河といへる河涼し

アラスカ

玩具箱めきて賑はふ避暑の町

などなど共感する句は多い。海外旅行の観光句はひとつもない。全て西林さんの胸中を潜り抜けた作品ばかりなのである。最後に私がもっとも共感した句を記したい。前書きに「イエローナイフ」とある。イエローナイフはカナダの北極圏に近い街で、オーロラを見ることが出来る。しかし、一般的な観光都市と言うわけではなく、厳しい自然環境での生活が強いられる地域でもある。

餌を貰ふ序列きびしき橇の犬
繋がれてすぐ気負ひ立つ橇の犬
雪掘るもあり出番待つ橇の犬

三句とも橇の犬を詠んでいるが、一句目の「序列きびしき」は飼い主からの餌を橇犬は自由に食べられるのではなく、飼い主が付けた序列順に喰うことが許されるのだ。橇を曳くという犬の団体行動、ある意味、命がけの仕事に規律を飼い主は求めているのであろう。二句目の「すぐ気負ひ立つ」は極寒の地で気性を荒々しくしなければ生きていけない橇犬の姿がでている。三句目も二句目とおなじように、走りたく、厳しい環境下で橇を曳きたくてたまらない、或いは曳かなければ生きてはゆけない橇犬が活写されていると言えるのだ。作者は冷静に橇犬を描写しているが、こういう句を作れる内面は、極寒の地の生き物の命を感じているから、三句が出来たとも言える。オーロラに関心が向く地であるにも拘わらず、敢えて橇犬に焦点を絞った作者の心の内は、ものの根源に触れんとする俳人としてのもっとも深い境地にいたのではないかと思われるのだ。

『ペチカ』三百句弱の中からほんの一部を鑑賞させて頂いた。評価に値する句集と思うが、皆様が『ペチカ』を読まれることで、俳句の本質を理解して頂けるよすがとなればと強く願うものである。

令和五年九月

「ぽち袋」代表　渡辺徳堂

短歌

バンクーバー短歌会で学ぶ

バンクーバー島ビクトリア

渡り来し海に向かひて背丈ほどの無名移民の慰霊碑は立つ

安藤文雄先生

〈鮭〉の字は〈ふぐ〉を意味すと楽しげに漢字文化の彼我の差を説く

イエローナイフ　二首

或るは吠え或るは跳ねつつ橇の犬ハーネス着けて出発を待つ

オーロラに遭ひたくて来し極北の街は終日灯ともしてをり

風立ちてふはりと揺れし蜘蛛の囲の幾何学図形一瞬ゆがむ

母の手がせはしく動きせりせりとせりせりと伸子《しんし》はづし行く午後

元気の出る色と言はれて求めたり口紅一つ病む姉のため

歳月の刻みし皺に紛れさうなゑくぼ確かむ朝の鏡に

花梯梧《でぃご》挺身隊の名にありと聞きしよりその朱のいとしき

バンクーバーのスカイトレイン、中国系の人は架空列車と呼ぶ

架空列車馳せ行けるその橋脚に凭れてペニー乞ふ人のあり

トルコ旅行　二首

山頂の古代遺跡に河越えてアザーンの声風に乗り来る

血の色の罌粟ちりばめてトロイアの遺跡は風にただ吹かれをり

キャッチボールに興ずる若き修道士Tシャツの背の汗ばみてをり

バンクーバー空港

明け暗れの空より一機また一機着陸態勢とりて近づく

嫌はれてゐても明るし泡立草三角錐の花穂つんつん

風すさび波頭の飛白散らしたるジョージア海峡紺碧の秋

たんぽぽの穂綿吹かむと折り取ればあやふくも全き球形をなす

正倉院展見つつ偲べり経巻の飾りの紐を組みし工人

難波潟河口に夕日入るところ浄土はありと古人《いにしへ》は

宝塚市民病院　六首

眼鏡など無用のものとなり果てて入院五日茫々と過ぐ

高熱が去れば身ぬちにひそみゐし欲望あまたぞわぞわとする

隣室のひそひそ話さざなみのやうに寄せくる深夜病棟

街の灯がほつほつ消えて梅雨の闇窓おほひくる五階病棟

カーテンを引き廻したる一坪の病室は繭のやうな薄明

「今日は夏至」病院食にあぢさゐの絵柄のカード添へられて来る

小中学校同級生の栗山啓子さん　ずっと捜し続けてくれたという

六十年へだてて会ひし友とゐて言葉おほかた捨ててしまひぬ

クッキー十五歳

思ひ出の重さと思ふ老犬の亡骸を両の手に抱きとめて

隅々まで青張りつめし冬の空いま打たば甲《かん》の音響かむか

潮鳴りに遠く離りて〈晶子生家〉の碑は市中《まちなか》のざわめきにあり

路面電車カタカタと過ぐ鳳晶子が熱き心を詠ひし街を

母が結ひし畳紙《たとう》の紐を解きかねて悴む指に息を吹きかく

韓国　扶餘

毀《こぼ》たれし百済廃寺に石塔の一つ残れりすがすがと立つ

美しきけもののごとくしなやかに青田波うつ風渡るとき

フレーザー河口　四首

灼熱の大き陽が海に落ちて行くじゆわんと音がするかも知れぬ

茫茫と蒲の穂波の広ごりてすでに昏れたりその果ての海

漆黒の羽に一筋紅まじへはごろもがらす蒲に揺れをり

一瞬の稲妻ののち西の空昏さ増しつつ雨匂ひくる

骨折して　二首

医師らには日常吾には非日常無影灯下に曝されてをり

一椀の白湯あたたかく大寒の五臓六腑に沁みわたり行く

木漏れ日の落つる疎林の濃緑の苔ひそやかに花を持ちたり

荒廃の静かにすすむ異人館ミモザは春を籠めて咲き満つ

ちづぶるー工房　三首

短夜の明けゆくなへに藍甕の藍ほつほつと泡立ちはじむ

山を負ふ工房の土間藍甕の藍は日ごとに色深めゆく

藍畑の露をこぼせる朝の風七月の青嶺吹きおろし来て

大梁の古民家の土間の片隅の籠に溢れんばかり野の花

列乱すいわしもありて鰯雲端から青い空に溶け行く

ははそはの母は眼鏡を鼻にずらし眉剃りくれぬ嫁ぐわがため

上京区烏丸通り一条角〈とらや〉の暖簾揺らす秋風

葉の陰の椿のつぼみ蕊の黄を固く抱きて咲くときを待つ

金剛能楽堂

能笛の鋭き音たばしり揚げ幕をシテいつかしく歩み出でたり

ぎこちなく振袖を着て写さるる孫ふくふくと乙女さびたり

鳥取大学乾燥地研究センター

ＡＲＩＤ　ＬＡＢＯ砂漠緑化を志す留学生らの自転車ならぶ

緑やや褪せし晩夏の並木路の光の中を病葉が散る

米加国境

一直線の国境に沿ふゼロ・アヴェニュー秋陽を浴びて自転車が行く

ハイヒール、ブーツ、ローファー、スニーカーみな草臥れて最終電車

古き良き大阪ことば遣ふ人面ざしどこか祖母に似通ふ

コーヒーは夫の領分手も口も出さぬと決めし朝の食卓

一服の茶を喫したる人もあらむ国宝窯変天目の瑠璃

先頭に風神雷神押し立ててシベリア寒気日本をおほふ

陽も土もなしにレタスが育ちゐる野菜工場《ベジファクトリー》宇宙基地めく

早春の駅頭に色浅黒き青年一人ケーナ吹きをり

どの角を曲がつても桜咲いてゐる坂の町なり二十年《はたとせ》を住む

夜明けには雪になるらし雨音の静まり行くを聞きつつ眠る

智頭町石谷林業　二首

山峡の木材市場しぐれ来て原木の肌静かに濡らす

フォークリフトに抱へ上げられ原木は年輪見せて出荷され行く

山峡の小さな村の星月夜人もけものも眠りゐるころ

嵯峨野　植藤造園

苗床に新種の若木育てゐる鳩寿となりし京の桜守

西安　二首

終南山見放くる古寺の青葉濃く玄奘三蔵舎利塔包む

シルクロード目指すキャラバン石像は入り陽にくわつと眼を据ゑてをり

戦跡として史書に読むふるさとの旅順は私の知らぬ顔もつ

日進町二十五番地坂の上のロシア建てなりき故郷の家

曲線の百済観音指の反り天衣《てんね》の反りのまこと精《くは》しき

工人の掌のぬくもりを吸ひ込んで砧青磁のやはらかな青

金鉱《クロンダイク》の夢《アラスカ》に憑かれ《ホワイトパス》し男らが越えしとふ荒野べうべうと風

流行り疫《え》に籠れる午後を砂時計の音して蔦の花降り続く

脱穀機は〈のんのん〉象は〈グラアガア〉賢治の擬音語今も新鮮

サレー　粟津邸　二首

洛北の里の風情を移ししと茶庭にすすき萩の群れ咲く

手作りの四阿《あづまや》ありて飛び石に関守石に打ち水すがし

遠い日のことども——句集のために

西林節子

多佳子先生に初めてお目にかかったのは昭和二十九年春、府立大阪女子大の帝塚山学舎付属の小さな和室であった。当時先生は月に一度、ほぼ初心者ばかりの女子大生十数人の指導のために貴重な時間を割いてあやめ池からはるばる出向いて下さっていた。俳文学者の山崎喜好教授が直接懇請されたと聞いている。姉に勧められて俳句部に入ったものの尾崎放哉の自由律に惹かれていた程度で俳句には関心が薄く先生のお名前も知らない私であったが、お会いするとたちまちそのお美しさや風格に引き込まれて行った。ただたをやかな美しさだけではなく東京育ちの、というか明治の気骨というか、背筋がすっと伸びてきりきりしゃんとした潔さのようなものが感じられる方であった。部長の、後に「天狼」同人になられた藤本（楠）

節子さんを始め部員全員が先生の熱烈なファンであったと思う。「七曜」にも入会した。当時の「七曜」には高校生や大学生が多く、中でも堀内薫先生に率いられた添上高校生は特に目立つ存在であった。寺山修司氏はすでに退会されていたのではなかったろうか。桑原武夫の「第二芸術論」の衝撃から十年、若者の間にも伝統を見直す機運が芽生え始めていたのかもしれない。「関西学生俳句連盟」が結成されてシンポジウムが開かれたりもした。「俳句は社会性を持ちうるか」が一番大きな問題であったと思う。

先生は月例句会だけではなく吟行にも学生たちを誘って下さった。薬師寺、唐招提寺、室生寺、古梅園の墨工房へもお連れ頂いた。まだ交通の便が良くない時代、奈良へ行くのも小旅行気分で友人たちとはしゃいでいたが、後日先生の発表されるお句を拝見して同じ場にいながら対象に向かう姿勢の違い、自分の「見る目」がいかに貧しいかを痛感するのであった。藤本さんにくっついてあやめ池のお宅での句会や大阪の住友句会の末座に連なったこともある。あやめ池では平畑静塔氏や津田清子氏を仰ぎ見る思いで眺めた。「セイトー」という低く力強い名乗りのお声は今も耳底に残っている。住友句会では初めて誓子先生にお目にかかり「天狼」にも投句するようになった。

そんな充実した学生生活を終えようとしていた頃の月例句会で、高点者が頂くことになっていた短冊を書いて下さりながら先生が「俳句を続けることはこれでなかなか難しいことだけれど、あなたには出来ると思うわ」とさりげなくおっしゃった。「卒業後も続けなさいね」という励ましの意味であったと思うが、そんな励ましを頂きながら卒業後は「天狼」「七曜」への投句は続けていたものの身辺の慌ただしい変化もあり、少しずつ俳句との距離が遠くなりかけて数年が経った頃、突然届いた先生の訃報に打ちのめされた。その頃の私には俳句＝橋本多佳子だったのだろう。喪失感が長く尾を引き次第に「七曜」への投句も怠るようになって行った。それでもどうしても退会に踏み切れず、〈名ばかり会員〉を三十年余も続けたのは先生に頂いた一言があったからだと思う。二十年前関西に帰り住むことになって「七曜」に復帰が叶い、長過ぎたブランクを悔い続けつつ手探りで今日に至っている。「つひに無能無才にして、この一筋につながる」という芭蕉の言葉を引用するのは烏滸がましいなどと言うことさえ憚られるのだが、若い日に最高の師に出会って俳句の世界に導かれた幸せを思い、今もその一筋につながっていられることをしみじみ有難く思う昨今である。

洗濯機廻るや落花巻き添へに

はじめて「天狼」に載った一句。子供たちの布おむつをせっせと洗っていた頃、狭い借家には置き場所がなくて軒下に置いた旧式の洗濯機に、折からの花吹雪が豪勢に舞い込んで洗濯物を染めた。半世紀以上昔の話になる。

（了）

（「ぽち袋」二〇二〇年八月号掲載／訂正稿　二〇二三年十月）

あとがき

俳句に出会ってほぼ七十年が過ぎました。その間の事情は俳誌「ぽち袋」に掲載して頂いた「遠い日のことども」に記しています。中断をはさみながらも今日まで続けた俳句を句集の形にしたいと思い始めて十年、かつて米寿の祝いにと母の句集を編んだのに自分がその年齢を超えようとしていることに思い至り愕然として重い腰を上げた次第です。引っ越しの多い人生で、子供時代を含めると二十回近い転居の末宝塚に居を定めもう一度俳句を学びなおそうと思ったのが二〇〇〇年、この句集ではそれ以後の句を主にまとめました。

二〇〇六年から十年余り夏の間の三、四カ月を夫と共にカナダの西海岸で過ごすのが恒例となり、滞在中にバンクーバー短歌会に参加して作歌を始め、よき指導者、異国の地で日本語を大切にする多くの歌友を得て七十の手習いながら俳句と短歌の違いに気付かされたことは大きな収穫で、そこで学んだ短歌も収めることにしました。

　今後の私にどれほどの時間が残されているかは知る由もありませんが、息子たちや孫たちが〈おばあちゃん〉をひととき思い出すよすがになればというのもこの句歌集の目的の一つです。

「ぽち袋」の渡辺徳堂代表にはお忙しい中ご無理をお願いして跋文をお寄せ頂きました。厚く御礼申し上げます。出版に関わる諸事についてご尽力下さいましたふらんす堂の横尾文己様はじめ皆様に感謝いたします。

二〇二三年十月

西林節子

著者略歴

西林節子（にしばやし・せつこ）

1935年　旧満州旅順市生れ、11歳までを過ごす
1954年　府立大阪女子大俳句部にて橋本多佳子
　　　　先生の指導を受ける
　　　　「七曜」「天狼」入会
2000年　「七曜」に投句再開
　　　　橋本美代子先生の指導を受ける
2011年　「七曜」同人
2015年　「七曜」終刊　「ぽち袋」入会
　　　　現在同誌所属
2007年　「バンクーバー短歌会」入会
　　　　松尾祥子先生の指導を受ける
2012年　海外日系文芸祭大賞受賞

現住所　〒665-0012　兵庫県宝塚市寿楽荘1-59

句歌集　ペチカ

二〇二四年一月二三日　初版発行

著　者――西林節子
発行人――山岡喜美子
発行所――ふらんす堂
〒182-0002 東京都調布市仙川町一―一五―三八―二F
電　話――〇三（三三二六）九〇六一　FAX〇三（三三二六）六九一九
ホームページ http://furansudo.com/ E-mail info@furansudo.com
振　替――〇〇一七〇―一―一八四一七三
装　幀――君嶋真理子
印刷所――日本ハイコム㈱
製本所――㈱松　岳　社
定　価――本体二八〇〇円＋税
ISBN978-4-7814-1624-3 C0092 ¥2800E